I Can Speak Chinese!

Learning Chinese Through Pictures

看图我会说中文

Patricia Landry

Illustrations
Benoît Perroud

商务印书馆
The Commercial Press

目录 Contents

© 2005 BORDAS/SEJER, Paris,
Original title of the work:
Mon Imagier anglais/français
Published by BORDAS, Paris

Copyright © 2011 The Commercial Press (H.K.) Ltd.
First Edition, May 2011

Published by:
The Commercial Press (U.S.) Ltd.
The Corporation, 2nd Floor
New York, NY 10013

I Can Speak Chinese !
Learning Chinese Through Pictures
看图我会说中文

Author :
Patricia Landry

Editor:
Skyle Kwok

ISBN: 978 962 07 0308 9
Printed in Hong Kong.

Usage Guide

You can make the best of this book by following the steps below:

1 Choose one topic which interests you.
2 Look at the pictures and listen to the MP3 for correct pronunciation. Set a goal of a certain number of words to be learnt at each time. You need not try to remember every word at once because it will be too difficult. For example, you can set a goal of learning ten words at one time and another ten words next time.
3 Close the book for 5 minutes.
4 Open the book. Look at the pictures which help you recall the Chinese words. Say them and check the MP3 if you have pronounced it correctly.
5 Practise 1-4 again and again until you can remember all the Chinese words in that particular topic.
6 Use the learning tips at the left-bottom corner of each chapter to practise short dialogues.

Zài Jiāli
在家里   At Home

gōngyù
公寓

gōngzuòshì
工作室

dānwèi
单位

zhǐ píxiāng
纸皮箱

lóutī
楼梯

shēngjiàngjī
升降机

diànshìjī
电视机

chuāng
窗

diànhuà
电话

èrlóu
二楼

At Home

- Use this pattern to introduce yourself: "我的名字叫(wǒdemíngzi jiào)……" (My name is...)
- The Chinese greets each other with "你好(nǐ hǎo)" (Hello.) If you want to invite someone to your house, you say "欢迎你到我家来(huānyíng nǐdàowǒjiālái)！" (Welcome to my house.)
- In China, there is no ground floor (G/F) in an apartment, we start counting from 1/F, 2/F, 3/F and so on.

mén
门

yāncōng
烟囱

wūdǐng
屋顶

fángzi
房子

wòshì
卧室

yùshì
浴室

lóushàng
楼上

chuáng
床

yīlóu
一楼

kètīng
客厅

fàntīng
饭厅

chúfáng
厨房

chúguì
橱柜

lóuxià
楼下

dìbǎn
地板

yǐzi
椅子

zhuōzi
桌子

Tiānqì zěnmeyàng
天气怎么样？
What's the weather like?

yún
云

yǔsǎn
雨伞

yīntiān
阴天

fēng
风

yǒufēng
有风

wù
雾

yǒuwù
有雾

guādàfēng
刮大风

What's the weather like?

- To ask about the weather, you say "天气怎么样(tiānqì zěnmeyàng)？" (What's the weather like?) The answer will be "今天有雾(jīntiān yǒuwù)，今天有雨(jīntiān yǒuyǔ)，……" (It's foggy, it's rainy, ...) Look at different pictures and talk about how the weather is like in Chinese.
- How many colors does rainbow has? Say the colors in Chinese. *
* Answer: 七种(qīzhǒng); 红(hóng), 橙(chéng), 黄(huáng), 绿(lǜ), 蓝(lán), 青(qīng), 紫(zǐ)

xiàxuě
下雪

xuě
雪

dōngtiān
冬天

hē, zhēnlěng
呵，真冷！

yǔ
雨

xiàyǔ
下雨

zàijiànyǔsǎn
再见雨伞…

fēngbào
风暴

yǒubàofēngyǔ
有暴风雨

cǎihóng
彩虹

chéng
橙

hóng
红

lǜ
绿

lán
蓝

qīng
青

zǐ
紫

huáng
黄

lántiān
蓝天

tàiyáng
太阳

yǒu yángguāng
有阳光

xiàtiān
夏天

7

Jiāotōnggōngjù
交通工具 Transport

hángkōngjiāotōng
航空交通

shuǐshàngjiāotōng
水上交通

jiùhùchē
救护车

mótuōchē
摩托车

huòchē 货车

lùshàngjiāotōng
陆上交通

gōnggòngqìchē 公共汽车

Hello, slow Joe!

Transportation
- Ask your friend "你怎样到…去(nǐ zěnyàng dào…qù)?"(How do you go to …?), or "你怎样去(nǐzěnyàngqù)?" (How do you go there?) The answer will be "我坐汽车去(wǒ zuòqìchēqù)." (I go by car.) Follow this pattern for each transportation.
- If you walk there, you say "我走路去(wǒ zǒulùqù)." If you ride your bicycle, you say "我骑自行车去(wǒ qízìxíngchēqù)."

fēidié
飞碟

It's fun to be in a balloon!

rèqìqiú
热气球

fēijī
飞机

zhíshēngfēijī
直升飞机

tiānkōng
天空

hǎi
海

chuán
船

xiāofángchē
消防车

zìxíngchē
自行车

màn
慢

qìchē
汽车

jìchéngchē
计程车

lù
路

zuǒ
左

kuài
快

yòu
右

huǒchē
火车

dìtiě 地铁

9

Qīngxǐ
清洗   Washing

qīngxǐ
清洗

āngzàng
肮脏

shuǐ
水

rè
热

lěng
冷

yáshuā
牙刷

xǐshǒu
洗手

shuāyá
刷牙

xǐyīfu
洗衣服

I'm going to do the washing.

So am I!

zāngyīfu
脏衣服

Washing

- Point at a part of your body (e.g. head) and ask "这是什么(zhèshìshénme)？" (What is it?) Then answer "这是我的头(zhèshì wǒdetóu)。" (This is my head.) Follow this pattern and ask about other parts.
- When you are going to do something, you say "我要…(wǒyào…)" (I'm going to...) For example, the fox says "我要去洗衣服(wǒyào qùxǐyīfu)。" (I'm going to do the washing.)

hézi
盒子

píngzi
瓶子

xǐyījī
洗衣机

xǐfàyè
洗发液

shī
湿

línyù
淋浴

tóu
头

ěr
耳

yǎn
眼

liǎn
脸

bí
鼻

kǒu
口

shǒubì
手臂

bèi
背

shǒuzhǒu
手肘

fù
腹

shǒu
手

tún
臀

shǒuzhǐtou
手指头

xīgài
膝盖

tuǐ
腿

jiǎo
脚

gānyījī
干衣机

gānjìng
干净

yùndǒu
熨斗

gān
干

11

Shǔshù
数数

Counting

1

yīzhīmǎyǐ
一只蚂蚁

yīkēwāndòu
一颗豌豆

2

yīzhīlǎoshǔ
一只老鼠

liǎngkuàirǔlào
两块乳酪

3

yīzhīsōngshǔ
一只松鼠

sānkēzhēnzi
三颗榛子

4

yīzhītù
一只兔

sìgēnhúluóbo
四根胡萝卜

5

yīzhīmāo
一只猫

wǔtiáoyú
五条鱼

yīzhīhóuzi
一只猴子

6

liùgēn xiāngjiāo
六根香蕉

yītóuzhū
一头猪

qīkētáng
七颗糖

7

Counting

- Practise counting "一(yī)，二(èr)，三(sān)…" (One, Two, Three) with your fingers.
- To ask about the number of peas, you say "有几颗豌豆(yǒujǐ kēwāndòu)？" (How many peas are there?) The answer will be "有一颗豌豆(yǒuyīkēwāndòu)。" (There is one pea.) Practise with other pictures.
- To count something in Chinese, we add a quantifier between the number and the noun. "只"(zhī), "颗"(kē), "份"(fèn) etc. are some examples.

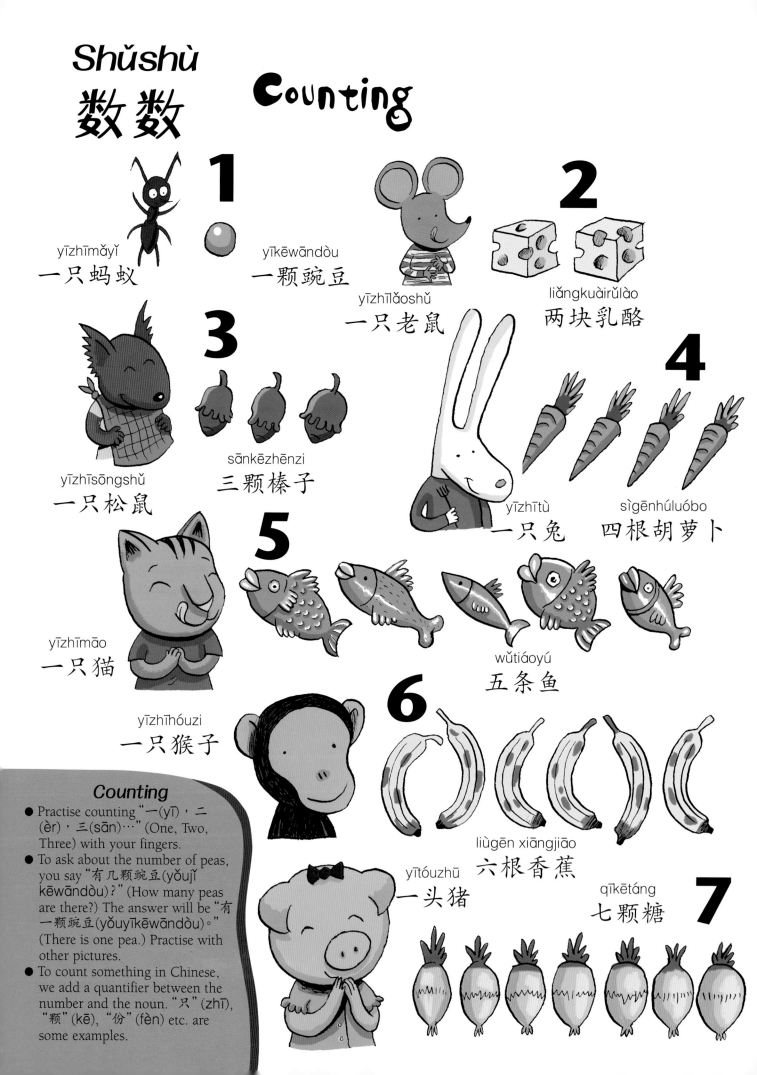

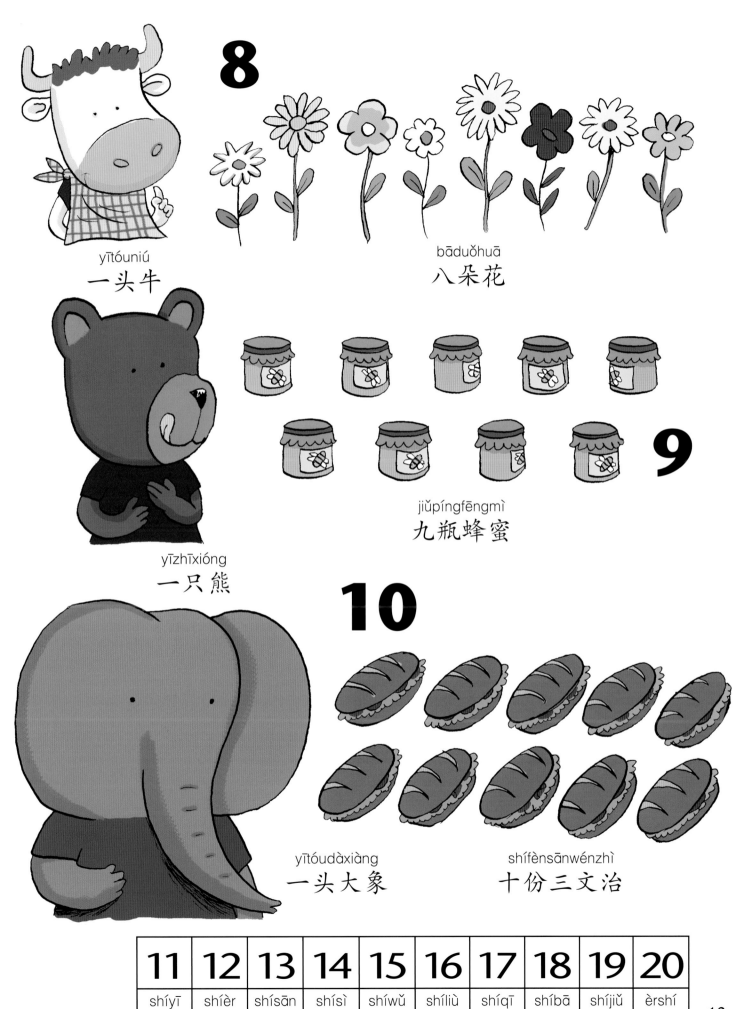

8

yītóuniú
一头牛

bāduǒhuā
八朵花

9

jiǔpíngfēngmì
九瓶蜂蜜

yīzhīxióng
一只熊

10

yītóudàxiàng
一头大象

shífènsānwénzhì
十份三文治

11	12	13	14	15	16	17	18	19	20
shíyī	shíèr	shísān	shísì	shíwǔ	shíliù	shíqī	shíbā	shíjiǔ	èrshí

13

Sēnlín
森林
forest

sōngshǔ
松鼠

niǎocháo
鸟巢

niǎo
鸟

húli
狐狸

yězhū
野猪

dòngwù
动物

cǎo
草

mógū
蘑菇

huāduǒhézhíwù
花朵和植物

Forest

● How many animals are there in the forest?
Find them and say their names in Chinese.*

● Point at each animal and ask "这是什么动物
(zhèshìshénme dòngwù)?" (What is this?).
Then answer it with "这是…(zhèshì…)"
(It is…) For example, "这是松鼠(zhèshì
sōngshǔ)。" (This is a squirrel.)

* Answer: 十一种(shíyīzhǒng);松鼠(sōngshǔ)、
鸟(niǎo)、狐狸(húli)、野猪(yězhū)、猫头鹰
(māotóuyīng)、鹿(lù)、蛇(shé)、兔(tù)、刺猬(cì
wèi)、蚂蚁(mǎyǐ)、蝴蝶(húdié)

shù
树

shùzhī
树枝

xiàngshù
橡树

māotóuyīng
猫头鹰

shùgàn
树干

lù
鹿

húdié
蝴蝶

mǎyǐ
蚂蚁

dòng
洞

mù
本

tù
兔

shé
蛇

shùyè
树叶

cìwèi
刺猬

15

Yīfu 衣服 Clothes

bànjiéqún
半截裙

yùndòngfú
运动服

máoyī
毛衣

nèiyī
内衣

dúnkù
短裤

màozi
帽子

chènshān
衬衫

wéijīn
围巾

dōumào
兜帽

chángkù
长裤

xiàtiān
夏天

chūntiān
春天

màozi
帽子

wàitào
外套

Clothes

● We dress differently in different seasons. Point at the clothes that you would wear in each season, say their names in Chinese. For example, "春天我穿短裤 (chūntiān wǒchuānduǎnkù)。" (In spring, I wear shorts.)

yùndòngxié
运动鞋

liángxié
凉鞋

yǒngzhuāng
泳装

qúnzi
裙子

diàodàikù
吊带裤

dàyī
大衣

kù
裤

duǎnxuē
短靴

fēngyī
风衣

yǔyī
雨衣

nǚzhuāngchènshān
女装衬衫

xuěxuē
雪靴

tuōxié
拖鞋

wà
袜

qiūtiān
秋天

dōngtiān
冬天

xuělǚ
雪褛

shǒutào
手套

pídài
皮带

niúzǎikù
牛仔裤

chángxuē
长靴

17

Jiātíng
家庭
Family

wàizǔfùmǔ
外祖父母

zǔfùmǔ
祖父母

pópo
婆婆

gōnggong
公公

nǎinai
奶奶

yéye
爷爷

fùmǔ
父母

I like to play cards.

I do too, but I prefer to win!

mǔqīn　māma
母亲 / 妈妈

fùqīn　bàbà
父亲 / 爸爸

háizi
孩子

Family

- Point at each family member and say who he/she is. For example, "这是我的父亲(zhèshì wǒdefùqīn)。" (This is my father.)
- Note: The meaning of "女儿 (nǚér)" is "daughter" while "女孩子(nǚháizi)" means "girl". "儿子(érzi)" and "男孩子 (nánháizi)" mean "son" and "boy" respectively.

nǚér
女儿

érzi
儿子

zǐmèi
姊妹　→　wǒ
我　←　xiōngdì
兄弟

quánjiāhézhào
全家合照

yīngér
婴儿

niánlǎo
年老

shěnshen
婶婶

shūshu
叔叔

xiōngdì
兄弟

fùqīn
父亲

zēngzǔmǔ
曾祖母

niánqīng
年轻

tángxiōngdìzǐmèi
堂兄弟姊妹

Yùndòng 运动 Sports

róudào 柔道

gédòu 格斗

róudàoxuǎnshǒu 柔道选手

yāodài 腰带

wǔdǎoyuán 舞蹈员

wǎngqiú 网球

jǐnbiāosài 锦标赛

qiú 球

qiúpāi 球拍

wǎngqiúchǎng 网球场

What's your favourite sport?

I love running.

qiúsài 球赛

xùnliàn 训练

tóukuī 头盔

zìxíngchē 自行车

qízìxíngchē 骑自行车

Sports

● To ask about your friend's favourite sport, you say "你喜欢什么运动(nǐ xǐ huan shénme yùndòng)？" (Which sports do you like?). Then use the following pattern to answer: "我喜欢柔道(wǒ xǐhuan róudào)。我喜欢跳舞(wǒ xǐhuan tiàowǔ)…" (I like judo. I like dancing…)

tiàowǔ
跳舞

mǎ
马

qíshī
骑师

tiàoyuè
跳跃

qímǎ
骑马

wǔchí
舞池

lánqiúwǎng
篮球网

lánqiú
篮球

zúqiú
足球

qiúmén
球门

qiúyuán
球员

bǐsài
比赛

shèng
胜

fù
负

yóuyǒng
游泳

yǒngshǒu
泳手

yǒngjìng
泳镜

21

huátī
滑梯

kèshì
课室

túsè
涂色

yánliào
颜料

xuésheng
学生

jiǎndāo
剪刀

bǎomǔ
保姆

yóulèchǎng
游乐场

shítáng
食堂

Shàngxuéqù
上学去
Going to School

kuàizi
筷子

cānjīn
餐巾

Going to School

● Welcome to school! Visit this kindergarten and say what you see in Chinese. For example, when you see the classroom, you say "这是课室 (zhèshì kèshì)。"(This is the classroom.) Practise this sentence pattern.

túhuàshū 图画书
yuèdú 阅读
lǎoshī 老师
wánshuǎ 玩耍
zìmǔ 字母
qiānbǐ 铅笔
sùshè 宿舍
chuáng 床
máotǎn 毛毯
féizào 肥皂
tāngchí 汤匙
dié 碟
shějiān 舍监
mǎtǒng 马桶
xǐshǒujiān 洗手间
bēi 杯
xiàozhǎngshì 校长室

23

Dà huò Xiǎo
大或小？
Big or Small?

dòngwù
动物

hěnxiǎo
很小

chóngzi
虫子

xiǎo
小

jī
鸡

zhōng
中

gǒu
狗

dà
大

shīzi
狮子

zhíwùhéshù
植物和树

fēichángxiǎo
非常小

zhǒngzi
种子

ǎixiǎo
矮小

zhíwù
植物

dà
大

shù
树

gāo
高

shù
树

I may be very small, but I can scare an elephant!

Big or Small?
● Things are of different size on this page. Look at each picture and ask "这…是大还是小(zhè…shì dàháishixiǎo)?" (Is … big or is … small?) Then answer the question with "这…大/小(zhè…dà / xiǎo)。" (… is big/small.) For example, "这狮子是大还是小(zhèshīzishì dàháishixiǎo)?" (Is the lion big or is it small?) "这狮子大(zhèshīzi dà)。" (The lion is big.)

shuǐguǒ
水果

xiǎojiāngguǒ
小浆果

xiǎoxiāngjiāo
小香蕉

dàxiāngguā
大香瓜

jùxíngyēzi
巨型椰子

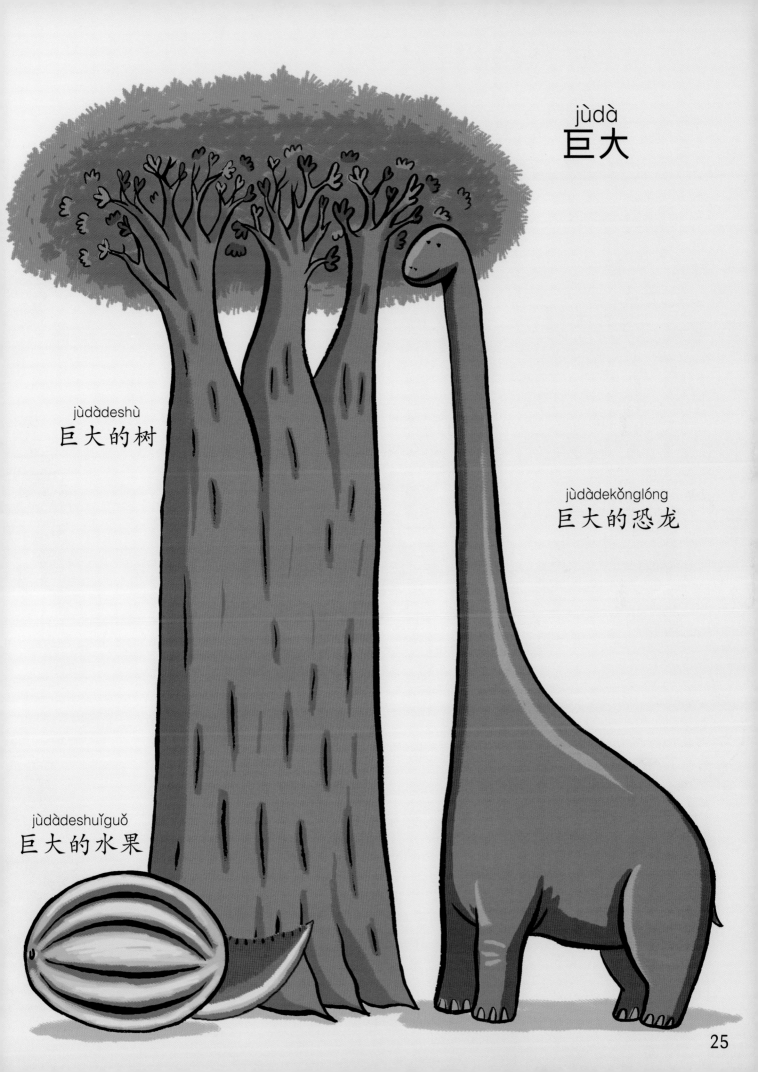

jùdà
巨大

jùdàdeshù
巨大的树

jùdàdekǒnglóng
巨大的恐龙

jùdàdeshuǐguǒ
巨大的水果

25

Liǎnbù biǎoqíng hé Gǎnjué
脸部表情和感觉
Faces and Feelings

zhèshì
这是…

kuàilè
快乐

shāngxīn
伤心

yǒushàn
友善

huàixīnqíng
坏心情

Hello! How are you today?

Fine, thank you.

Faces and Feelings

- Imitate the facial expressions of the bear. Ask questions with this pattern: "你快乐吗(nǐ kuàilèmá)?" (Are you happy?) "你疲倦吗(nǐpíjuànmá)?" (Are you tired?)

- To give an answer, say "是(shì)，我快乐(wǒkuàilè)。" (Yes, I am happy.) or "不是(bùshì)，我不快乐(wǒbùkuàilè)。" (No, I am not happy.)

jùguāngdēng
聚光灯

pāizhào
拍照

shèyǐngshī
摄影师

zhàoxiàngjī
照相机

gǎndàojīngyà
感到惊讶

píjuàn
疲倦

hàixiū
害羞

fābáirìmèng
发白日梦

dexiǎoxióng
的小熊。

jiāojuǎn
胶卷

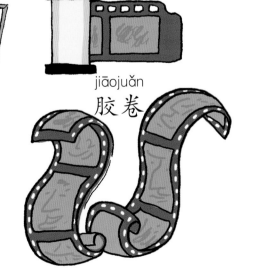

móhu
模糊

qīngxī
清晰

27

Dēngshān
登山
Going to the Mountains

xiàtiān
夏天

bīngchuān
冰川

hé
河

hú
湖

pānshí
攀石

yánshí
岩石

niú
牛

líng
铃

bēibāo
背包

yuǎnzúzhě
远足者

cǎodì
草地

yuǎnzú
远足

shāncūn
山村

Going to the Mountains
● There are five ways to go down the mountain. For example, "我可以滑雪下山(wǒkěyǐ huáxuěxiàshān)。"(I can ski down the mountain.) Can you find the rest?*
* Answer: 我可以乘 (wǒkěyǐ chéng) 雪车 (xuěchē) //滑雪板 (huáxuěbǎn) //滑雪缆车 (huáxuělǎnchē) //雪橇 (xuěqiāo) 下山 (xiàshān)。

dōngtiān
冬天

xuěchē
雪车

huáxuě
滑雪

shāndǐng
山顶

xuě
雪

huáxuěbǎn
滑雪板

huáxuělǎnchē
滑雪缆车

huáxuězhě
滑雪者

xuěqiāo
雪橇

mùwū
木屋

xuěrén
雪人

29

Car

- To ask someone's age, you say "你今年多大(nǐjīnniánduōdà)?" (How old are you?) The answer will be "我…岁(wǒ…suì)。" (I am … years old.) You can reply with a number. Referring to the chapter "Counting", can you tell me how old you are?
- Like America, cars in China are driven on the right, but there are exceptions. Hong Kong and Macau were colonies of England and Portugal, and so cars are driven on the left.

shōufèichù
收费处

tíngchēchù
停车处

yóuzhàn
油站

gōnglù
公路

chéngkè
乘客

sījī
司机

jiàshǐ
驾驶

kāipéngqìchē
开蓬汽车

fāngxiàngpán
方向盘

ānquándài
安全带

biànsùbǎn
变速杆

chēnèi
车内

shāchēqì
煞车器

fādòngjī
发动机

zìdòngqìchē
自动汽车

Chǒngwù: Māo hé Gǒu

宠物：猫和狗

gǒu
狗

xiǎogǒu
小狗

māo
猫

xiǎomāo
小猫

Pets:
Cats
and
Dogs

lánzi
篮子

shuìjiào
睡觉

gǒuwū
狗屋

zhuāyang
抓痒

yáowěiba
摇尾巴

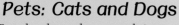

hūlu
呼噜

Pets: Cats and Dogs

● To ask what others are doing, you say "你在做什么(nǐzài zuòshénme)？" Now, choose one picture and help the cat/dog answer. For example, a dog may say "我在接球(wǒzài jiēqiú)。" (I am catching the ball.) Refer to different pictures and answer the question "你在做什么(nǐzài zuòshénme)？"(What are you doing?)

jiēqiú
接球

tiǎnnǎi
舔奶

wánshuǎ
玩耍

shēnzhǎn
伸展

ruǎn
软

zuòzhí
坐直

fèi
吠

yìng
硬

kěngǔtou
啃骨头

mīmījiào
咪咪叫

cā
擦

xiù
嗅

lùchǐ
露齿

tiào
跳

gōngzhebèi
弓着背

wādòng
挖洞

yǎo
咬

tiǎnliǎn
舔脸

33

Yóulèchǎng
游乐场
Playground

zhuōmícáng
捉迷藏

zhuārén
抓人

diūshǒujuàn
丢手绢

jǐngcházhuāxiǎotōu
警察抓小偷

tiàobèi
跳背

mōxiāzi
摸瞎子

tiào
跳

pāo
抛

tiàoshéng
跳绳

cǎodìgǔnqiú
草地滚球

Playground

- "你喜欢玩什么(nǐ xǐhuan wánshén me)？" is a pattern to ask what someone likes to play. For example, those animals hiding behind the tree can say "我喜欢玩捉迷藏(wǒ xǐhuan wán zhuōmícáng)。" (I like to play hide and seek.)

- Use the pattern "我喜欢玩(wǒ xǐhuan wán)…" (I like to play…) to tell us what you like to play.

xuánzhuǎntái
旋转台

tiàofēijī
跳飞机

qiáo
桥

qiāoqiāobǎn
跷跷板

huátī
滑梯

qiūqiān
秋千

gǔnzhóuliūbīngxié
滚轴溜冰鞋

shāchí
沙池

fēngzheng
风筝

huábǎn
滑板

qízìxíngchē
骑自行车

wánqiú
玩球

wántánqiú
玩弹球

huábǎnchē
滑板车

35

Qīngjié
清洁
Cleaning Up

rēngdiào
扔掉

sàozhou
扫帚

duīqǐ
堆起

săo
扫

chénāi
尘埃

lājītǒng
垃圾桶

mǒwǎnbù
抹碗布

mǒ
抹

Cleaning Up

● Look at the picture, Fox's house is a mess! Can you help him clean up?

● Say "我帮忙…(wǒ bāngmáng…)" (I help…) to tell us what you would like to help him. For example, "我帮忙洗碗碟 (wǒ bāngmáng xǐ wǎndié)。" (I help wash the dishes.)

cāliàng
擦亮

shuā
刷

huīchén
灰尘

dìtǎn
地毯

cāxǐ
擦洗

dìbǎn
地板

guādiào
刮掉

dǎsǎo
打扫

gānjìng
干净

títǒng
提桶

xǐwǎndié
洗碗碟

xīchénjī
吸尘机

shōuqǐ
收起

cāliàngdìbǎn
擦亮地板

chuāng
窗

ménkǒudìdiàn
门口地垫

āngzàng
肮脏

37

酒店 jiǔdiàn

书 店 shūdiàn

jiànzhùwù 建筑物

咖 kā

dēngzhù 灯柱

花店 huādiàn

shíziìlùkǒu 十字路口

shāngdiànchúchuāng 商店橱窗

xíngréndào 行人道

jiāotōngdēng 交通灯

xiàngqián 向前

xíngrén 行人

qìchē 汽车

yīngèrchē 婴儿车

mótuōchē sījī 摩托车司机

gōngchē 公车

公园 gōngyuán

On the Street

● The little fox is going to the florist, hairdresser, butcher, bookstore and café. In Chinese, "我到花店去 (wǒ dàohuādiàn qù)。" means "I am going to the florist." Repeat this pattern "我到…去(wǒ dào…qù)。" to say where you are going to.

xiédiàn
鞋店

zhǐshìpái
指示牌

shāngdiàn
商店

huòchē
货车

lǐfàdiàn
理发店

ròufàn
肉贩

bānmǎxiàn
斑马线

chángdèng
长凳

shìzhōngxīn
市中心

Zài Jiēshang
在街上
On the Street

guǎngchǎng
广场

39

Wǒài

我爱……
I love...

chīqíǎokèlìnǎiyóu
吃巧克力奶油

tǎngzàicǎodì
躺在草地

shuìjiào
睡觉

bànguǐliǎn
扮鬼脸

chuīpúgōngyīng
吹蒲公英

chuīféizàopào
吹肥皂泡

zàinínìngzhōngwán
在泥泞中玩

tiàojìnshuǐwālǐ
跳进水洼里

I Love …

● What do you like to do in your leisure time? What is your favourite activity? Tell me more about yourself using the pattern "我喜欢/爱(wǒ xǐhuan/ài)…" (I like…) For example, "我喜欢/爱做白日梦(wǒ xǐhuan/ài zuòbáirì mèng)。" (I like day-dreaming.)

wénkǎobǐngdexiāngwèi
闻烤饼的香味

kànyún
看云

pǎobù
跑步

chībīngkuài
吃冰块

yōngbào
拥抱

kànguǐgùshi
看鬼故事

huàhuà
画画

chīmiànbāohéguǒjiàng
吃面包和果酱

jiàntàkūyè
践踏枯叶

shōulǐwù
收礼物

41

Zài Hǎitān
在海滩
On the Beach

On the Beach

- Look at the picture, say "dry" (干gān) and "wet" (湿shī) in Chinese. Refer to objects or animals and ask "什么是干/湿的 (shénmeshì gān/shīde)？" (What is dry/wet?) Reply "这…是干/湿的(zhè…shì gān/shīde)。" (This…is dry/wet.) For example, "这沙滩巾是干的 (zhèshātānjīnshì gānde)。" (This beach towel is dry.)
- Note: if you are referring to a person, the question becomes "谁是干/湿的(shuíshì gān/shīde)？" (Who is dry/wet?)

làng
浪

fēngzheng
风筝

fānchuán
帆船

jiùshēngyuán
救生员

yǒngkè
泳客

jiùshēngquān
救生圈

shātānjīn
沙滩巾

xiǎofàn
小贩

bèiké
贝壳

liángxié
凉鞋

shātān
沙滩

shī
湿

xiè
蟹

shítou
石头

gān
干

43

Jiérì qìngzhù
节日庆祝
Celebrations

shēngrihuì
生日会

bīnkè
宾客

làzhú
蜡烛

qìqiú
气球

xīguǎn
吸管

tángguǒ
糖果

guǒzhī
果汁

shēngridàngāo
生日蛋糕

zhǐbēi
纸杯

zhǐdié
纸碟

> At Christmas, we get presents, but for Halloween we get sweets.

Celebrations

- In Christmas, we greet people by saying "圣诞快乐 (Shèngdànkuàilè)!" (Merry Christmas!) During the Chinese New Year, we say "新年快乐 (Xīnniánkuàilè)!" (Happy Lunar New Year!), and kids receive "红包(hóngbāo)" (red pocket) from parents, relatives or neighbors.
- To ask people for something politely, you say "请给我…(qǐng gěiwǒ…)" (I'd like...) For example, "请给我果汁(qǐng gěiwǒ guǒzhī)。" (I'd like some fruit juice.)

Wànshèngjié
万圣节

fúzhuāng
服装

nánguā
南瓜

guǐ
鬼

miànjù
面具

nǚwū
女巫

wàixīngrén
外星人

Píng'ānyè
平安夜

dēngshì
灯饰

zhuāngshìwù
装饰物

shèngdànlǎorén
圣诞老人

xuěqiāo
雪橇

xīng
星

huāhuán
花环

xuě
雪

lǐwù
礼物

Shèngdànshù
圣诞树

yānhuā
烟花

jiāniánhuáxúnyóu
嘉年华巡游

bàozhú
爆竹

dēnglong
灯笼

45

dàxiàng
大象

hēibào
黑豹

héuzi
猴子

xīniú
犀牛

chángjǐnglù
长颈鹿

dàxīngxing
大猩猩

xiēzi
蝎子

bānmǎ
斑马

shānmāo
山猫

lièbào
猎豹

bào
豹

bānlíng
斑羚

冰淇淋 bīngqílín

披萨 pīsà

guàntou 罐头

yìdàlìmiàn 意大利面 米 mǐ

Zài Chāojíshìchǎngmǎi Dōngxi
在超级市场买东西
Shopping in the Supermarket

guǎnggào 广告

lěngdòngshípǐn
冷冻食品

qīngjiéyòngpǐn
清洁用品

4

3
-10

shōuyínyuán 收银员

qián 钱

Shopping in the Supermarket

● When you buy carrots, you say "我要买胡萝卜(wǒyàomǎi húluóbo)。" (I need carrots.) Point at each item on the shopping list and say "我要买…(wǒyàomǎi…)" (I need…)

i. rice（米）
ii. frozen food （冷藏食品）
iii. meat（肉类）
iv. pasta（意大利面）
v. fruit（水果）
vi. bread（面包）

● It's easier for us to memorize words when they are paired up. For example, you can match "满(mǎn)" (full) with "空(kōng)" (empty). Find out more words to pair them up!*

* Suggestion: "出口(chūkǒu)" and "入口(rùkǒu)" have opposite meanings; "钱(qián)" and "价格(jiàgé)" relate to money.

páiduì 排队

jiāodài 胶袋

shōuyínjī 收银机

jiàqian
价钱

nǎilèishípǐn
奶类
食品 饮品 yǐnpǐn

ròu
肉

yú
鱼

biāoqiān
标签

shuǐguǒ
水果

shūcài
蔬菜

gùkè
顾客

mǎn
满

shǒutuīchē
手推车

guìtái
柜台

kōng
空

rùkǒu
入口

chūkǒu
出口

gòuwùlán
购物篮

49

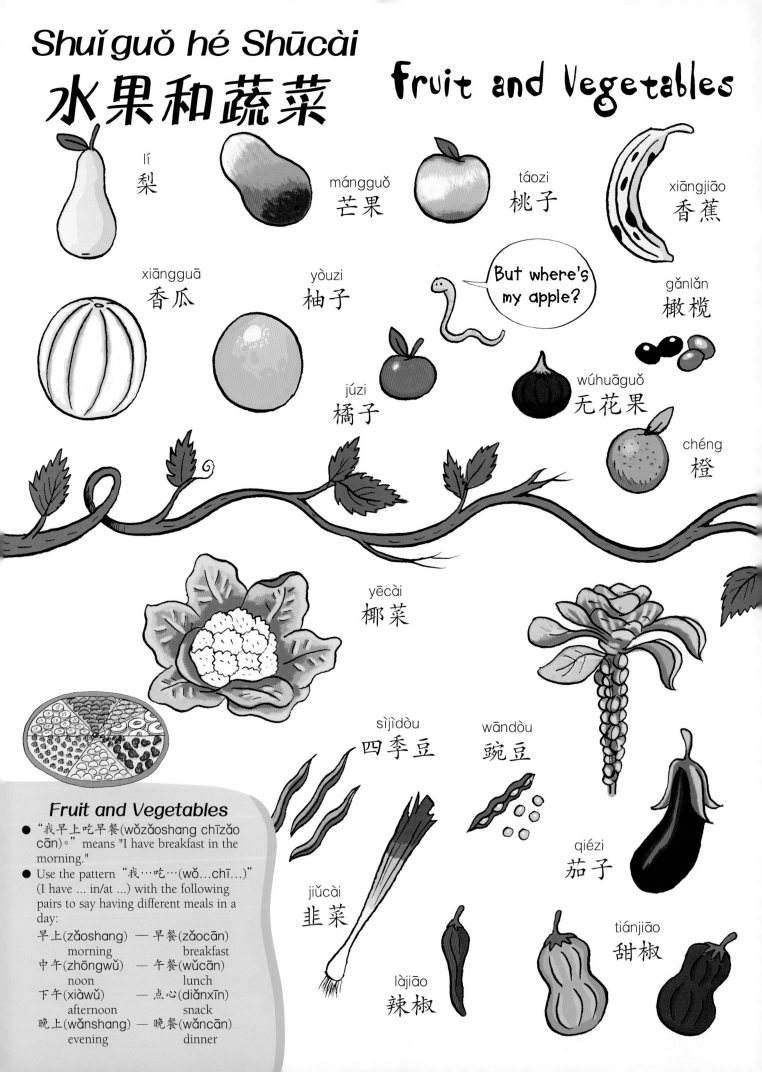

níngméng
柠檬

yīngtáo
樱桃

xīguā
西瓜

xīhóngshì
西红柿

míhóutáo
猕猴桃

yēzi
椰子

zhēnzi
榛子

pútáo
葡萄

bōluó
菠萝

cǎoméi
草莓

lǐzi
李子

xìng
杏

nánguā
南瓜

tiáncài
甜菜

bōcài
菠菜

yùmǐ
玉米

xīhúlu
西葫芦

tǔdòu
土豆

shēngcài
生菜

húluóbo
胡萝卜

lúsǔn
芦笋

luóbo
萝卜

dà tóucài
大头菜

51

Nóngchǎng
农场
Farm

líba
篱笆

niú
牛

lǘzi
驴子

shānyáng
山羊

miányáng
绵羊

huǒjī
火鸡

gāncǎo
干草

gǔcāng
谷仓

é
鹅

dàn
蛋

nóngfū
农夫

yā
鸭

Farm

- To show "I have got" something in Chinese, you say "我有… (wǒyǒu…)" For example, the farmer can say "我有牛 (wǒyǒuniú)。…" (I have got cows…) To ask if he has got any cows, say "你有牛吗(nǐyǒuniúma)?" (Have you got any cows?)
- Use the pattern to ask the farmer if he has got other animals and help him to answer. For example, "你有马吗(nǐyǒumǎma)?" (Have you got any horses?) "有(yǒu)，我有马(wǒyǒumǎ)。" (Yes, I have got horses.)

tián
田

mǎjiù
马厩

mǎ
马

māo
猫

gǒu
狗

lǎoshǔ
老鼠

zhū
猪

jī
鸡

tuōlājī
拖拉机

húli
狐狸

tù
兔

53

Zhíyè
职业
Jobs

níshuǐjiàng
泥水匠

1 + 1 = 2

lǎoshī
老师

xiāofángyuán
消防员

mùjiang
木匠

jù
锯

chuízi
锤子

yóuzhàn
油站

yīshēng
医生

jiǎndāo
剪刀

Jobs

- What would you like to be in the future? Use this pattern to tell your friend: "我想做…(wǒxiǎngzuò…)" (I would like to be…) Replace "…" with different occupations.
- In China, the legal working age is 16! However, kids will be legally protected if they are still under 18.

chéngshìshèjìyuán
程式设计员

lǐfàshī
理发师

yúfū
渔夫

gēshǒu
歌手

lùxiàngjī
录像机

shèyǐngshī
摄影师

diànyuán
店员

shōuyínjī
收银机

miànbāoshī
面包师

línqián
零钱

qiāng
枪

jǐngchá
警察

yǎngfēngrén
养蜂人

mìfēng
蜜蜂

mìtáng
蜜糖

wēndùjì
温度计

hùshi
护士

miànbāo
面包

diāokèjiā
雕刻家

55

Shàngjiēqù
上街去　Going Out

yínmù
银幕

diànyǐng
电影

guānzhòng
观众

diànyǐngyuàn
电影院

zuòwèi
座位

lǐngzuòyuán
领座员

Ice-cream,
pop corn.

bùjǐng
布景

mùǒuxì
木偶戏

jùguāngdēng
聚光灯

wéimù
帷幕

Going Out

● "今天我要去看电影(jīntiān wǒyàoqù kàndiànyǐng)。" means "I am going to the cinema today." Use the pattern "今天我要去…(jīntiān wǒyàoqù…)" (I am going to … today.) to say you are going to the puppet show, the circus and the funfair!

mǎxìtuán
马戏团

zhàngpeng
帐篷

zájìyuán
杂技员

biǎoyǎnzhě
表演者

xiǎochǒu
小丑

lùtiānyóulèchǎng
露天游乐场

mótiānlún
摩天轮

tuōchē
拖车

糖果 tángguǒ

diàoyú
钓鱼

pèngpengchē
碰碰车

guǐchē
鬼车

miánhuātáng
棉花糖

Fǎnyìcí
反义词
Opposites

xiào
笑

kū
哭

shàng
上

nuǎnhuo
暖和

liángkuai
凉快

xià
下

kāishǐ
开始

wánchéng
完成

tīng
听

shuō
说

Opposites

Note the following opposite sign symbols:

kāi 开 on ⏻	—	guān 关 off ⭮
shàng 上 up ↑	—	xià 下 down ↓
zàilǐmian 在里面 in ▣	—	zàiwàimian 在外面 out ▢●
zàishàngbian 在上边 over ▱	—	zàixiàbian 在下边 under ▱●
zàiqiánmian 在前面 front ●▢	—	zàihòumian 在后面 back ▢●

pāo
抛

jiē
接

dàshēngjiào
大声叫

xíoshēngshuō
小声说

nòngshī
弄湿

nònggān
弄干

chuānshàng
穿上

tuōxià
脱下

qiánjìn
前进

hòutuì
后退

nòngzāng
弄脏

qīngxǐ
清洗

juǎnqǐ
卷起

zhǎnkāi
展开

qǐchuáng
起床

shuìjiào
睡觉

59

Tōngxùn
通讯

Communicating

diànhuà
电话

shǒujī
手机

dǎdiànhuà
打电话

wúxiàndiànhuà
无线电话

bàozhǐ
报纸

zázhì
杂志

huídá
回答

dǎyìnjī
打印机

huáshǔ
滑鼠

Communicating
- Technology enables us to keep contact with friends all over the world. If you need to contact an overseas friend, which method would you like to use?*
- * For examples, "我打电话(wǒdǎdiànhuà)。"(I call.); "我写电子邮件(wǒxiědiànzǐyóujiàn)。" (I write emails.)

diànnǎo
电脑

shèxiàngtóu
摄像头

diànzǐyóujiàn
电子邮件

píngmù
屏幕

jiànpán
键盘

guāngpán
光盘

shōuyīnjī
收音机

chàngpiàn
唱片

diànshìjī
电视机

shùmǎguāngpán
数码光盘

yáokòngqì
遥控器

ěrjī
耳机

61

Glossary

Pergon

Feelings / expressions

The body

Clothes

Family

Leisure

Sports

Festival and entertainment

Nature: countryside, mountains

Landscape

Weather / season

Animal, bird and insect

House, Town

House

Town

Business/Jobs

Adjectives

Colours

Everyday expressions

Verbs

Positions and movement